Ediciones Ekaré

Guachipira
va de viaje

Arianna Arteaga Quintero • Stefano Di Cristofaro

Guachipira era pequeña, con una boca
tan chiquita que solo podía comer flores.

Vivía con toda su familia entre el mar
y las montañas, pero nunca había salido de su casa.

Su madre era hermosa y colorada.
Su padre era una nariz con patas.
Sus tías eran escandalosas
y grandes comedoras de mango.
Su abuelo era muy tranquilo y pescaba todo el día.
Y su abuela, que había recorrido mil
y un lugares, conocía todas las flores del mundo
y siempre estaba en su laboratorio
machacando, picando, mezclando
y cocinando pociones.

Por las mañanas, Guachipira se quedaba
con su abuela y leía su álbum de viajes.
—Abuela, ¿cuál es el remedio para el hipo chino?
—Abuela, ¿en dónde queda el fin del mundo?
—Abuela, ¿las flores de manzanilla saben
a manzana?

La abuela respondía cantando,
mientras iba sin parar de allá para acá
y de acá para allá:
machacando, picando, mezclando
y cocinando pociones.

Al caer la tarde todos llegaban muertos
de hambre, contando sus historias del día.

Guachipira escuchaba en silencio.

Pero una mañana, Guachipira notó cosas
muy extrañas en su casa:

Su madre tenía un hipo terrible.
Su padre andaba sin nariz.
Sus tías ya ni hablaban.
Su abuelo cantaba a todo pulmón: *Oiga compadre*
Pancho, lo que me pasa lo sabe usted...
Y su abuela no paraba de pelear con los ciempiés.

Algo andaba muy mal.

—Guachipira —le dijo la abuela con voz
temblorosa—, solo nos queda manzanilla y
jazmín chino. Hay que buscar flores nuevas
para arreglar este desastre,
pero yo ya estoy muy vieja.

Guachipira supo lo que tenía que hacer.

Antes de salir por primera vez de su casa,
Guachipira se fijó muy bien en las flores
que debía buscar. Agarró su mochila,
un mapa viejo y el álbum de la abuela.

Estaba sola y tenía miedo,
pero batió fuerte sus alas y tomó impulso...

Guachipira comenzó su viaje por la costa.
Subió por un sendero que cruzaba un bosque
de enormes helechos y árboles muy altos.

Un árbol gigantesco y anciano,
que se llamaba Niño, le habló lentamente:

—Guachipira, en mis ramas más altas florece ahora
una flor muy, muy extraña que sale de una bromelia.
Llévatela y cuídala mucho.

La flor era puyuda, roja y amarilla.
Igual a la primera foto del álbum.

Siguió su camino y llegó a una bahía
de aguas claras y transparentes.
Los delfines la rodearon y le dijeron:

—Guachipira, aquí hay unas flores
de todos los colores que se llaman anémonas.
Guárdalas en agua de mar.

Guachipira se llevó una morada
con puntitos azules y rosados.
Era mucho más bonita que cualquiera
de las que aparecían en el álbum de la abuela.

Siguió por la costa. Una inmensa tortuga Cardón
que había salido del mar a poner sus huevos
le contó:

—Guachipira, aquí cerca hay unas señoras
que cultivan cayenas de todos los colores
del arcoíris. Diles que vas de mi parte.

Guachipira buscó a las señoras.
Ellas le dieron un ramo de cayenas, tan grande
y tupido que hasta podía usarlo de cama.

Guachipira siguió su viaje. Llegó a un lugar
en donde el gran río termina su camino y
se abraza con el mar. Un mono araguato
le dijo a grito pelado:

—Guachipira, llévate estas flores de bora que
flotan en el agua y nunca paran de crecer.

La bora tenía flores moradas con rayitas azules
y amarillas.
No estaba segura de que fuera la del álbum,
pero se parecía bastante y se la llevó.

Guachipira continuó su viaje tierra adentro,
muy lejos. Llegó a la cumbre de un tepuy,
una montaña de cima plana, repleta de piedras
y flores muy raras. Una rana color carbón
que caminaba en lugar de saltar, le dijo:

—Aunque no parezca, esa cosa muy chiquita
que está ahí es una flor que come insectos.

Esta flor no salía en el álbum de la abuela.
Pero Guachipira estaba segura de que una flor
tan especial tenía que ser mágica.

Navegando por los ríos, Guachipira llegó a
una llanura grande como el mar pero de puro verde.
Una garza elegantísima la saludó y se la llevó
a volar. Desde el cielo Guachipira notó que había
un árbol amarillo como el sol. La garza la dejó
en su copa y le contó:

—Este árbol se llama araguaney y florece así
una vez al año. Mira qué suerte tienes.

La abuela ya le había hablado del araguaney,
que perdía todas sus hojas para llenarse de flores
amarillas como quien celebra un cumpleaños.

Guachipira subió una montaña muy alta
y fría. Allí encontró unas matas peludas
con flores amarillas llamadas frailejones.
Una laguna verde que estaba dormida
se despertó y le dijo:

—Guachipira, anda a arroparte entre las hojas
del frailejón, mira que viene la noche y te vas
a congelar. Mañana te llevas las flores.

Guachipira le hizo caso. Esa noche soñó con
las flores amarillas que conocían la nieve.
Serían estupendas para que la abuela supiera
cuán lejos había ido.

Guachipira siguió su camino y llegó a
unos médanos enormes donde solo crecían
matas con puyas. Ya estaba cansada y
pensó que en esa arena tan caliente no podía
haber flores. Entonces una iguana milenaria
se acercó y le dijo:

—No te rindas Guachipira. Si te fijas bien
encontrarás un cactus con una flor blanca
como la luna.

Por lo visto lo que decía el álbum de la abuela
era cierto: ahí estaba la flor.

Finalmente, Guachipira pasó por Caracas.
Los edificios, los carros y el ruido la asustaron,
pero vio una hermosa montaña que la protegía.
Mientras sorteaba las altas torres,
una guacamaya amarilla y azul la recogió:

—Vente, Guachipira. En lo más alto de la montaña
crece la rosa del Ávila.

Era una flor rosada y delicada, tal como
la que buscaba para terminar la poción.

Ahora ya estaba lista para regresar.

Después de un largo viaje Guachipira
llegó agotada a casa, con un bolso lleno
de flores y con tantas historias que contar
que se le atragantaban en la garganta.

No tenía un segundo que perder.
Debía apresurarse, seguro que la abuela
la esperaba impaciente.

En casa, todo seguía mal.

Guachipira se puso manos a la obra:
una bromelia,
una anémona,
una cayena,
una bora,
una flor del tepuy,
una flor de araguaney,
una flor de frailejón,
una flor de cactus
y una rosa del Ávila.

Machacando, picando, mezclando y cocinando:
por fin dio con el remedio.

Y esa noche mientras tomaban la poción
de postre...

Guachipira alzó su voz y contó las historias
de su primer viaje.

Al día siguiente, Guachipira despertó tarde.

Su madre estaba colorada y serena.
Su padre tenía la nariz brillante.
Su tías hablaban sin parar
y preparaban jalea de mango.
Su abuelo pescaba.
Y su abuela preparaba olorosas pociones.

Todo había vuelto a la normalidad.

Guachipira estaba cansada pero contenta.
Ahora sabía que era una gran viajera
y que la esperaba todo un mundo por descubrir.

N

Panamá

Mi Casa en Caruao

1   9

8

7   6

VENEZUELA

Bora

flor de Frailejón (Espeletia)

flor de Araguaney

flor del Tepuy (Drosera Roraimae)

COLOMBIA

flor de Cactus

ECUADOR

MAR CARIBE

1. Parque Henri Pittier
2. Mochima
3. Península de Paria
4. Delta del Orinoco
5. Canaima
6. Los Llanos (Aguaro Guariquito)
7. Sierra Nevada
8. Los Médanos de Coro
9. Waraira Repano (Cerro el Ávila)

Bromelia

Anémona

Cayena

Rosa del Ávila (Bejaria)

GUYANA FRANCESA

GUYANA

SURINAME

BRASIL

Edición a cargo de María Francisca Mayobre
Dirección de arte y diseño: Ana Palmero Cáceres
Con el ojo clínico de Araya Goitia y Fernando Lecuna

Primera edición, 2016

Av. Luis Roche, Edif. Banco del Libro, Altamira Sur. Caracas 1060, Venezuela
C/ Sant Agustí, 6, bajos. 08012 Barcelona, España
www.ekare.com

ISBN 978-980-257-366-0 · Depósito legal lf15120158001670

Impreso en China por RRDD APSL

5